풀꽃은 뜨락에 앉아

박진표 제2시집

시음사
시사랑음악사랑

꽃과 대화하면서 시를 줍는 시인 박진표

박진표 시인은 다부진 체격에 사계절 반소매 티셔츠를 입고 다닐 만큼 건장하면서도 상남자다운 멋진 미소에 순수함을 담고 있는 시인이다. 꽃을 보면 눈물이 난다는 시인은 시를 짓는 자연인이라 부르고 싶다. 희뿌연 도심 속 콘크리트 빌딩과 시커먼 땅속을 기어 다니는 전철을 친구 삼아 삶을 영위하는 시인은 다분히 철학적이면서 감동적이고 감상적이면서 순수하고 또 천진난만한 아이처럼 해맑은 순수시인이라 하고 싶다.

박진표 시인은 2 시집 "풀꽃은 뜨락에 앉아" 원고를 보내오고 표지로 해달라면서 사진도 한 장 보내와 시인에게 물어보았다. 왜 이 사진을 표지로 정했는지를, 박진표 시인의 대답은 바닥에 흩뿌려지듯 피어있는 꽃잔디를 볼 때 눈물이 날 정도로 감동적이었고 환상적이어서 그때의 그 감동을 간직하고 싶어서라는 답을 들려주었다. 참다운 시인의 심성을 지닌 아니 시인이 보아야 하는 것을 볼 줄 아는 시인이다.

박진표 시인은 창작이란 자신과 자연과의 대화이며 사물과의 교감이 이루어져야 결과물을 볼 수 있다고 말하는 시인이다. 내적인 심리상태와 주변 환경의 변화에서 자신만의 독특한 기법으로 창작의 결과물을 詩心으로 엮어 첫 시집 "꿈은 별이 되어 울고 웃었네!"에서 많은 독자로부터 사랑을 받는 시인이다. 이제 더욱 완성도 높은 작품으로 중견 시인의 자질을 보여주면서 독자와 더욱더 친해지고 자신만의 詩心을 제2 시집 "풀꽃은 뜨락에 앉아"를 엮어 독자들 앞에 좌판을 펼쳐놓는다. 첫 시집에서 보여준 사랑이 시인을 성장시켰듯 "풀꽃은 뜨락에 앉아"로 더욱 독자로부터 사랑받는 시인이 되길 바라면서 기쁜 마음으로 추천한다.

(사)창작문학예술인협의회 이사장 김락호

시인의 말

마음 가난한 시인으로 살고 싶다.
죽어가는 양심에 눈부신 따스한 온기 실어
차디찬 심장 뜨겁게 데워 그렇게 꿈을 품고
아이처럼 맑은 눈으로 세상 바라보며
따스한 가슴으로 사랑하며 살고 싶다.
순간순간 다가오는 매일 다른 오늘,
그 오늘이라는 소중한 선물에, 아파하며 진주를 품는
그런 가슴 따뜻한 시인으로 살고 싶다.
허기진 꿈들아, 아파하지 말아라.
세상이라는 저 드넓은 광야에서 씩씩하게 혼자 일어서는,
그 누군가에게 따스한 둥지와 쉼터 되어
노래하게 하는 아름드리나무가 되고 싶다.
얼마나 아파해야 그 아픔을 알 수 있을까?
아마 나에게는 배부른 사치이리라.
그래, 가난하지만 가슴 따뜻한 사람으로 살아야지.
온기 품고 이 아름다운 세상 시리도록 사랑하며 노래하는
나는 방랑하는 돈키호테, 풍류의 김삿갓.
두 번째 시집을 내며 풀꽃 같은 작은 꿈들이
오손도손 사이좋게 행복을 나누는 시인의 마을에
낮은 마음으로 독자 여러분을 초대합니다.

시인 박진표

* 목차 *

* 목차 *

QR코드 스마트폰으로 QR 코드를 스캔하면
시낭송을 감상할 수 있습니다.

본문
시낭송
감상하기

제목 : 내 삶에 아픔이 올 때
시낭송 : 박영애

제목 : 아기 섬
시낭송 : 최명자

제목 : 마음의 눈으로 세상을 보아라
시낭송 : 조한직

제목 : 하늘 바다
시낭송 : 박영애

제목 : 눈물은 나에게
시낭송 : 박영애

제목 : 시간의 선물
시낭송 : 박순애

제목 : 사랑아
시낭송 : 박태임

시인은 자연을 이야기하고
시낭송가는 자연을 품었다.
글자는 날개를 달아 언어로 날고
소리는 자연에 눕는다.

풀꽃은 뜨락에 앉아

향기
기쁘게 나눌 수 있다면
가장
낮은 곳에서 노래하겠습니다
한 줌의 햇살도 공평히 나눠
함께 기뻐하고 행복하겠습니다
삶의 뜨락에서
누군가에게 꽃이 되어
활짝 웃어 향기 전하는
가장 낮은 풀꽃으로
노래하며 살겠습니다
세월은 떨어져 쌓이고
뒤돌아보니 모두가 그리움
하루를 닦고 걸으며
웃음과 눈물을 배움 합니다
조용히 뜨락에 앉아
오늘도 이름 모를 풀꽃처럼
행복 나누며 노래하겠습니다
향기 나누며 그대 곁에 머물겠습니다

내 삶에 아픔이 올 때

제목 : 내 삶에 아픔이 올 때
시낭송 : 박영애
스마트폰으로 QR 코드를 스캔하면
시낭송을 감상할 수 있습니다.

배가 고플 때
그 허기
음식으로 채워지는데
마음의 허기는
어떻게 채워야 하나

아무도 모르는
그 누구도 알 수 없는
내 삶의 공허함

하늘을 벌컥벌컥 마셔도
저 푸른 바다에 안겨도 취하지 않고
가끔 외로움의 사치를 느끼는 나

붉은 노을 타는 그리움
아프지 말아야지
다치지 말아야지
넘어져도 다시 일어나리라

오늘도 벽을 넘고 나를 안아
또다시 바람 앞에 선다
분명 나의 겨울은
희망의 따스한 봄을 품고 있을 테니까

아기 섬

제목 : 아기 섬
시낭송 : 최명자
스마트폰으로 QR 코드를 스캔하면
시낭송을 감상할 수 있습니다.

여름이 놀고 간
가을의 뜨락엔
아픔의 상처
붉은 단풍으로 노래하고

금빛 노을은
하루를 수고한
키 작은 영혼들 보듬어주네

공평하게 다가올 내일아
허락된 그 순간
우리들 후회와 미련 없이 살게 하여라

사람과 사람 사이
마음의 작은 섬들이 태어나
용서와 희망으로 박힌 가시를 뽑는다

그 섬에는
거친 파도와 거센 물보라 살지만
미워 말아라 품어 안아 침묵으로 노래하라
뒤돌아보니 아이 같은 섬들이 내 마음에 뛰놀고 있었네

마음의 눈으로 세상을 보아라

사랑하는 아들아
마음의 눈으로
저 넓은 세상을 바라보아라
모두가 살기 힘들다고 하는 이 세상에서
마음의 창문으로 들어오는 한 줌 햇살 품어 안아
가슴 따뜻한 사람으로 우리 그리 살자꾸나
때로는 하늘을 이불 삼고
우리 서 있는 이 땅 위에서 세상 아픈 것
보듬어 토닥여 더불어 살아가는
햇살 같은 따뜻한 사람이 되어라
세상에 있는 모든 작은 생명 어여삐 여기며
텅 빈 가슴 사랑과 희망으로 가득 채워
힘들고 지친 이들 손 내밀어 토닥여주어라
축복받아 태어난 이 아름다운 세상에서
내리는 시련과 고통 슬픔과 아픔 우산 받쳐주는
그 누군가에게 따뜻한 옷이 되고 기쁨이 되어라
네 양심에 비굴하지 말며 가난한 이웃들 섬기는 마음으로 보듬어
그들에게 용기와 희망을 함께 나누는 등불이 되어라
살다 보면 지치고 힘들 때 있지만 세상은 따뜻한 것
가슴으로 뜨겁게 느끼며 살아가는 것임을 명심하거라

아~ 사랑하는 아들아

이 가슴 열어 다 보여줄 수 없지만

사랑은 확인받는 것이 아닌 서로 마음으로 느끼는 선물이란다

사랑하는 아들아

아빠 엄마라는 선물로 찾아와 준 네가 가슴 시리도록 고맙고
고맙구나

가슴 활짝 열어 세상 모든 것 다 품을 수 있는 하늘이 되고 바
다가 되어라

행운이 아닌 행복으로 찾아와 준 내 새끼야 사랑하고 사랑한
다 가슴 가득 가슴 깊이

 제목 : 마음의 눈으로 세상을 보아라
시낭송 : 조한직
스마트폰으로 QR 코드를 스캔하면
시낭송을 감상할 수 있습니다.

하늘 바다

제목 : 하늘 바다
시낭송 : 박영애
스마트폰으로 QR 코드를 스캔하면
시낭송을 감상할 수 있습니다.

하늘을 보면
왠지 눈물이 납니다
저렇게 높고 푸르른 하늘
나도 그렇게 살고픕니다

해와 달 반짝이는 별들이 사는
산처럼 푸르고 바다같이 깊고 넓은 너

내 피와 살
흙으로 돌아가는 그 날까지
아픔의 시련 끌어안고 노래 불러봅니다

하얀 꽃으로 피어 하늘 끝
은하수 바다를 가슴에 데려왔으면 좋겠습니다

하늘과 바다
가장 높고 가장 낮은 너희 둘
그 품에서 나는 꿈을 꾸었고 노래합니다
값없이 베풀고 향기 주고 열매 나누는
나도 그런 해맑은 노래였음 좋겠습니다

아픈 꽃들아 시련은 잠시뿐이야
힘들고 지치면 저 하늘을 봐
깊고 드넓은 푸른 하늘의 바다에 안기렴
꽃이 피는 그 순결한 숨소리 우리들 마음 토닥입니다

눈물은 나에게

흐르는 눈물이 아픈 것은
아마 내 마음일 거야
소리 없이 흐르고 흘러
시린 가슴을 적시고
마음이 있는 그곳에
너는 상처의 가시 뽑아
용서와 사랑을 심는다

말 못 할 아픔
사연 안고 돌아온
기다린 마음
싸늘히 식어
바람의 길을 떠난다
비가 내린다
내 마음이 내린다

눈물은 그렇게 아픈 마음을 씻긴다

제목 : 눈물은 나에게
시낭송 : 박영애
스마트폰으로 QR 코드를 스캔하면
시낭송을 감상할 수 있습니다.

시간의 선물

제목 : 시간의 선물
시낭송 : 박순애
스마트폰으로 QR 코드를 스캔하면
시낭송을 감상할 수 있습니다.

봄을 데려온 바람
연초록 새싹은 뛰놀고
사람들의 옷차림
새봄을 저마다 뽐낸다

어깨를 짓누르는 하루의 삶은
애써 웃으며 시리도록 노래하고
불어오는 바람 햇살 한 줌
가슴 뜨겁게 그 책임을 다한다

누군가는 떠나가고 누군가는 태어나
윤회의 바퀴는 쉼 없이 돌아가고
참고 기다리니 봄은 오고 꽃피고 열매 맺더라

멈추지 않는 시간은 아이를 어른으로 만들고
사계절 판을 벌여 저마다의 가슴에
희망이라는 키 작은 씨앗을 뿌리며
그대 행복하라 멈추지 않게 오늘을 달리고
도도하게 내일을 열어 오늘을 품어 안는다

사랑아

문득
문득
그리움으로
추억으로
설렘으로 다가오는
보고픈 사랑아

가을 낙엽처럼
붉게 물들어
추억에 흩날리고

가끔은
심장을 두드려
뜨겁게 타오르고
화사하게 피어오르는

사랑아
사랑아
그리운 사랑아

사랑아
사랑아
보고픈 사랑아

제목 : 사랑아
시낭송 : 박태임
스마트폰으로 QR 코드를 스캔하면
시낭송을 감상할 수 있습니다.

겨울바람

바람이 분다

겨울을 몰고 오는 바람
겨울 냄새가 난다

산도 나무도
겨울옷 갈아입고
화장을 한다

낙엽이 떠난 자리
그렇게 쓸쓸하지는 않다

엄마의 품처럼
겨울은
가슴으로 모든 것 품어주겠지

계절의 시계는 겨울로 가고
알토란 군밤과 군고구마
모락모락 익어가는
정겨운 겨울을 바람이 데려온다

하얀 눈과 수정 고드름
너희들 찾아오면
나 반갑게 맞아주리라

바람아
바람아
겨울바람아

앞으로
우리 친하게 지내자

눈물

슬퍼서 울고
기뻐서 울고
행복해서 울고
화가 나서 울고
억울해서 울고
원통해서 울고
처절해서 울고
감동해서 울고
반가워서 울고
울고 또 울고
울어도
울어도
눈물은
눈물은
마르지 않는 샘물
퍼내도 퍼내도 마르지 않는다
눈물의 갈증은 가시지 않는다

비빔밥

희망과 절망 비비고
고통과 행복 비비고
슬픔과 기쁨 비비고
사랑과 미움 비비고
용서와 증오 비비고
투정과 감사 비비고
실패와 성공 비비고
그리움과 자주 비비고
비비고
끝없이 비벼라

하나 되어 나오는 그날까지

인생

응애
응애
두 손 꼭 쥐고
천둥처럼 태어나
달리기 시작한다

어디로 가는 줄
알 듯
말 듯
두리번
두리번

보이는 건
뿌연 안개 밭

인생의 바닷길
험난한 여정인가
가끔 멀미를 한다

힘들면
쉬어가도 괜찮은 걸
보는 이 없는데
눈치를 살핀다

이보게
이보게
힘이 들면 쉬어가게
갈 길 아직 멀으니

사랑은 이런 것

사랑은
아낌없이 주는 것

주어도
다 못 주어 안타까워하는 것

사랑은
슬픔도 괴로움도
서로 안고
같이 함께 하는 것

누구나
사랑할 수 있어도
누구나
사랑할 수 없는 것

사랑은
입으로 말하지 않는 것
가슴으로 얘기하며
마음으로 뜨겁게 느끼는 것

사랑은
엄마의 품속처럼
따뜻하고 편안한 것

그리워
그리워
망부석 되어도

끝까지
끝까지
기다리며 지켜주는 것

사랑은
아파도
아파도
속으로 우는 것

풀잎

아침마다
이슬이 내려
너의 잎 촉촉이 적셔주면

방긋방긋 싱그러움
산새들이 찾아와 목을 축인다

향긋한 너의 내음
하늘 햇살 배불리 마시고
포동포동 살쪄라

화려하진 않지만
낮은 꽃
가난한 풀잎이어도

오늘이 있고
내일이 있어
고맙고 행복하다

오늘은 어떤 일들이
나를 설레게 할까 봐

나는
행복을 노래하는
작은 풀잎

오늘이 있고
내일이 있어
고맙고 감사하다

오늘은 선물이자 축복

내 양심 부끄럼 없이
오늘도 참 열심히 살았습니다

하루를 산다는 것
하루를 살아간다는 것
눈물이 나도록
감사하고 소중한 선물입니다

살아서 숨 쉬고
무언가 생각하고
느낄 수 있는
그 이유 하나로도
오늘은 나에게 축복입니다

사람들은 말합니다
너무 바보처럼 산다고
자신도 생각하라고

부모님이 만들어 주신
지금 이 모습으로
지금처럼 그렇게
한결같이 살고 싶습니다

오늘을 감사하고
내일을 설레게 기다리며
오늘을 최선 다해 살려 합니다

내일에 대한 믿음과 희망이 있기에
난 오늘도 행복합니다

내일도 나의 정직한 땀으로
나의 밥을 먹으려 합니다

나의 두 발에게

항상 가장 낮은 곳에서
나의 삶의 무게까지
고스란히 견뎌온 너에게
오늘은 따스한 고마움 전한다

내가 가는 곳
묻지도 않고
해바라기처럼
나만 바라보고
나의 모든 것 짊어진
너는 내 삶의 동반자

나는 너에게
희생과 헌신을 배운다

수많은 길을 걷고 걸으며
힘들고 지칠 때도
분명 있을 텐데

뚜벅
뚜벅
말없이 걷기만 하는 너

그런 네가
하늘의 별보다 나는 좋다

오래 참음과 겸손까지도
침묵으로 나에게 전해주는
너는
참 고마운 나의 나침반

우리
오래오래 함께하자
오래오래 사랑하자
침묵의 친구야

바람 앞에 선 세 잎 클로버

나
홀로 가는 길

그 길
아프고 험난해도
기쁜 마음으로 가리다

속으로
속으로
혼자 울어도
이 또한 축복이라
감사하며 살리라

짊어진 삶의 무게
혼자 감당할 수 있다면
나는
나는
기꺼이 감당하리라

세상은
누군가의 노력과
희생으로 돌아가며

가정은
가장의 책임감과
땀방울의 대가로
그 행복 지켜지는 것
기적이나 요행은 바라지 말자

거저 얻는 행복의 무지개는 없는 법
지친다 땅만 보지는 말아야지

사방은 막혀도
하늘은 열려있으니
걸어서라도 갈 수 있으리

세잎 클로버 가슴에 품고
나는 오늘도
바람 앞에 선다

희망 여덟

길을 가다
바닥에 떨어진
희망을 발견한다

누가 버린 걸까
아니면 잃어버린 걸까

버린 사람은
아쉬움 없겠지만

잃어버린 사람은
많이 그리워하고
아파하겠지

아무리 힘들어도
아무리 지치고 괴로워도
버리지 말아야
다시 꿈꿀 수 있을 텐데

버려진 희망
내가 주워 거둬야지

그러나
희망 주우며
마음이 아프고 시리다

혹시
희망 버린 이

이담에 나에게
희망 돌려달라 찾아온다면

이쁘게 이쁘게 잘 키웠다
주인에게 돌려주리라

함께 나눈 희망은
더 큰 행복으로
어두운 곳 밝혀줄 테니

나로부터 자유로운 나

다가오는 미래가
조금은 두렵고 떨릴지라도
피하거나 위로받으려 하지 말자

운명은 바로 내가 선택하고 개척하는 것
그 누구도 대신할 수 없는
나 자신과 싸움이자 숙제

모두 다
가슴에 아픔은 가지고 살겠지

내 아픈 기억들 내려놓으면
나
자유로울 수 있을까

꿈을 위해 탑을 쌓자
욕망과 욕심을 채우기 위한
그런 탑은 쌓지 말자

고통 또한 즐길 수 있다면 즐기자
정직한 땀방울은 이길 수 없을 테니까

한번 도전하는 거야
다시 부딪혀 보는 거야
역시
나니까 할 수 있다고

자유
그게 자유이자 행복이라고
도전은 모든 걸 찾을 수 있는 열쇠

문 열고 들어서면
그곳에 나로부터 자유로는 내가 있어

시련 앞에

하늘이
저렇게 높고
푸르게 아름다운데

아직
나의 하늘은
아픈가 보다

누군가 그랬지
괴로움은
안고 살지 말라고

오늘이 가고
내일이 오듯

시련과 아픔 떠나고
기쁨이 오리라
믿어본다

때로는
억센 바람
칼바람도 맞아야 하리

지금
조그만 창문 틈으로
비치는 햇살이
참 고맙고 반갑다

바람아
바람아
힘차게 불어라

첫눈입니다

눈이 옵니다
하얀 눈이 내립니다
첫눈입니다

가을이 떠난 자리
바람 타고
겨울의 첫 손님
첫눈이 오십니다

어느 은하별에서 오셨나
눈이 부시게
곱고 곱습니다

겨울나무
앙상한 가지
따뜻하게 옷 입혀 주십니다

겨울님 입혀주신
하얀 솜털 옷 입고
우리 모두 이 겨울
따뜻하게 행복했으면 좋겠습니다

이 세상 모든 생명
외롭거나 춥지 않게
꿈과 희망
함께 내렸으면 좋겠습니다

눈을 감고
눈을 맞아봅니다

첫눈이라 더 포근합니다

이 첫눈 녹지 말고
겨우내 우리들 솜이불 되어
함께 살았으면 좋겠습니다

그랬으면 좋겠습니다

등산

산이 있어
내가 오르나

내가 있어
산을 오르나

오르고 올라
정상에 다다르면

왠지 모를 허전함에
더 허기를 느낀다

채워도 채워도
끝없는 욕망은

우리를 고뇌하게 만든다
우리를 허기지게 한다

가끔은
정상을 오르지 않고
하산하며 천천히 숲을 보자
작은 생명의 소리에 귀 기울이자
나무들의 숲의 합창을 들어보자

오르는 것만이 등산은 아니리라

마음을 오르고
마음을 열고
비우고
비우고

정상을 오르는 등산이 아닌
누구나 할 수 없는 마음을 오르자
작은 생명의 합창을 들어보자

우리도 자연의 일부분인 것을

생명은 순결하고 고귀한 선물

겨울바람 잠시 쉬어가는
햇살 좋은 오후입니다

나뭇가지 군데군데
떠나지 못한
가을의 나뭇잎

아슬아슬 힘겹게
모진 생명 이어가니

눈이 부시게 푸른 하늘이
조금 얄미워 보입니다

생명은
살아있는 그 이유 하나로
처절토록 아름답고 소중한 존재

그 무엇으로도
대신하고 바꿀 수 없는
축복입니다

우리는 모두
순결하고 고귀한 선물입니다

칼바람 불어도
맞서야 하는 이유입니다

호기심

새벽의 찬바람
똑똑똑
창문을 두드리고

동녘의 파란 하늘
아침을 깨우는

우리는 오늘도
공평하게
하루를 선물 받는다

가을이 떠난 자리
겨울은
한 자리 차지하며
텃세를 부린다

오늘은
어떤 일들이
반겨주며 노래할까

파랑새

마음에서 태어나
가슴에서 사는 새

아픈 상처 어루만져
희망으로 달래주는

너는
행복의 파랑새

때로는 별이 되고
때로는 눈물 되고
때로는 새가 되어

가슴에서 사는 새
마음에서 우는 새

슬퍼서 웃는 새
행복해서 우는 새

여백의 아름다움

아쉽고
모자람 있겠지만

고운 햇살 들어올
마음의 창문 열어 두자

답답한 이 세상
숨구멍 하나 없다면

작은 희망 들어와
살 수 없겠지

실바람 들어와
우리 시름 달래주고

하늘과 땅
별들이 뛰놀게
마음의 밭 만들자

지치고 고단한 삶
잠시 쉬어가게 하자

덜 채워진
그 여백으로

겨자씨만 한
햇살 한 줌 있어도

행복해하며 살자
고마워하자

그리 살자
그리 아쉬워하자

꽃

너를 생각하면
입가에 미소가 번진다

바람이 전하는 그 향기
받아도 받아도
배부르지 않은
어디서 날아온 새 인가

아마
날개가 없어도
날 수 있는 새는
바로 너뿐

바람 타고 미소 타고
날아다니는 새

어느 임이 주실까
설렘과 기쁨 주는

사랑의 메신저
만인의 연인

향기 품은 너를 보며

늘 너를 기다린다
너를 닮고 싶다

글의 향기 그 큰 힘

글을 통하여 향기를 맡습니다

격려의 글이 희망을 지피고
다시 일어설 수 있는
힘과 에너지를 줍니다

늘 그런 생각을 합니다
그 어떤 힘보다 글의 힘이 가장 크다고

우리들 폐부와 심장과 영혼까지
울리고 상처 주고 감동하게 만드는
그래서 더 두렵고 조심스러운
신성한 소도입니다

꽃이 아닌 글에서 향기가 피어나고
발도 없는데 안 가는 곳이 없는
감당할 수 없는 핵입니다

글을 통하여 그 사람의 인격과 가치관
따스함과 차가움까지도 느낄 수 있으니

그 큰 힘은 어디서 나오는지

가끔은 글과 시를 쓰면서 겁이 납니다
상처와 절망이 아닌
희망과 용기와 푸른 꿈을 찾아주고 있는지
문인으로의 자질과 역량을 지녔는지

그래서 하루하루 낮은 마음으로
마음과 영혼의 거울을 닦아 봅니다

누구나 공감할 수 있고
따스함과 희망이 피어나는
글의 향기 그 큰 힘에 누가 되지 않도록

자식

태어나
부모에 기쁨의
선물이 되고

자라면서
희망이 되고 힘이 되며

성년이 되어
부모의 버팀목 되는

자식은
부모의
해바라기
해바라기

아들아
딸아
너희는 아니

너희가
부모의 희망이요
꿈이라는 걸

올바르게 자라거라
정직하게 살 거라
아프지 말아라

티 없는 순수함으로
그렇게 살 거라

이담에
이다음에

너희가
아빠 엄마 되면

이 부모의 꿈
똑같이
고이고이 전해주거라

짝사랑
늘 그리운 새끼야

독백

늘
나에게 되묻는다

부끄럼 없이
잘살고 있는지

땅이 키워주고
하늘이 품어 준
엄마의 바다

삶의 바다에서
노 저어 잘 항해하는지

꿈 많던 어린아이는
지천명의 고개 넘어
한 여인의 지아비
두 아이의 아빠 되어
조금씩 익어가는데

추수할 삶의 계절 다가오면
얼마나 탐스러운 열매
후회 없고 부끄럼 없이
거둘 수 있을까

나 자신에게 부끄럼 없는
내 양심에 당당할 수 있는
그런 내가 되고 싶다

좀 더 진실하게 살아야지
좀 더 당당하게
부끄럽지 않게
나의 길 가야지

내 가슴에 떠 있는 별
나를 응원하며 안아준다

오늘이 있음이
감사하고 행복하다

마음 다스리기

땅거미 드리우며
하루가 저문다

고단하고 지친 일상
그러나
감사하는 마음으로
하루를 정리한다

힘들고 지칠 때
어깨 한번 토닥여 줄
그런 사람
한 사람만 있어도 살만한 세상

어제보단 오늘
오늘보단 내일의
기대와 희망을 꿈꾸며

고단하고 지친 마음
조용히 내려놓는다

산다는 건
살아간다는 건
처절토록 소중하며 아름다운 것

오늘의 나를
위로하고 격려하며
다시금 세상 앞에
당당하게 서야지

좀 더 따뜻하게 살아야지
한마음 다스려 본다

이런 부부는 참 행복한 부부

서로 신뢰하며 먼저 믿어주고 나중까지 지켜주는 부부
서로 미안하다고 말하지 않아도 가슴으로 애달파 하는 부부
주어도 주어도 더 주지 못하여 안타까워하는 부부
받기보다는 먼저 주는 부부
시련과 고난 찾아와도 늘 한결같이 지켜주는 부부
가식이 아닌 마음으로 진심 어린 사랑으로 서로를 아껴주고 위하는
부부
아이들에게 꿈과 희망을 심어주는 부부
보고 있어도 보고파 하는 부부
서로의 부족한 면 서로 채워주며 감싸주는 부부
서로의 아픔과 상처 더 깊이 품어 주고 함께 아픔 나누는 부부
서로의 상처 들추거나 비난하지 않는 부부
가진 것 없어도 하늘 쳐다보며 눈물짓고 감사할 수 있는 부부
가슴속에 꿈과 희망이 푸르게 살아 있는 부부
두 손 꼭 잡고 곱게 함께 잘 늙어가는 부부
이 세상 떠나는 날 웃으며 작별할 수 있는 부부
이런 부부는 참 행복한 부부입니다
나도 이런 부부가 되기 위하여 노력하며 살아야 할 것 같습니다
부부는 하늘이 맺어준 아주 특별한 선물입니다
서로 아끼고 보듬으며 사랑하세요

12월의 바람

12월의 바람이 분다
떨어지는 낙엽은
바람에 휘날리며
낙엽 비가 되어 내린다

수많은 저 낙엽은
어디로 날아갈까
어디로 가는 걸까

땅으로 돌아가
봄의 새싹 되기도 하고

또
누군가의 책갈피에
소중한 추억으로
그리움으로
고이 간직되겠지

내 희망의 바람

미소 담은
그리움으로
하루가 저문다

출발

만물이 깨어나는
동트는 새벽의 기상은
늘 새롭고 신비롭다

오늘은
어떤 그림으로
하루를 이쁘게 채울까

설레는 마음으로
집을 나선다

같은 날 없기에
늘 소중한 하루하루

조금 지쳐도
다시 못 올 오늘이기에

그 찬란한 눈부심
힘찬 심장의 고동을 타고
하루를 달린다

자~
출발이다

아픈데

아픈데
내가
내가 이렇게 아픈데
울지도 않는다

소리 내
소리 내
울기라도 하면 좋으련만
웃고 있다

눈물도 없는
아픈 새
아픈 희망

사람들은 바보라 말해도
이런 내가
나는 좋다

나는
오늘도 나를
꼭 안는다

온혈 동물

나 혼자서는
살 수 없는 세상

더불어 살아야
더 아름답고 따뜻해지는

그래서 온기가 필요한
우리는 온혈 동물

따뜻한 피와
붉은 피는

가슴은 뜨겁고 따스하게
정열과 열정을
온 마음에 품으라는
신이 우리에게 주신 선물

그래서 우리는 뜨겁습니다

작은 그릇

지천명의 고개 넘어서도
늘 부끄럽기만 합니다

귀를 열고 들으니
난 아직도 작은 그릇

얼굴이 붉어지고
부끄러움이 살금살금
내 심장을 간질거립니다

아직 덜 여물은 풋과일처럼
부끄러움 안고서
집으로 돌아와
많은 상념에 잠깁니다

배우고 배우며
다시 자기반성과 성찰을 합니다

나의 부족함이
나의 양심에 회초리를 줍니다

큰 그릇은 아니어도
투박한 질그릇으로
그렇게 따뜻하고 정겹게
그렇게 살까 합니다

행복 가게

정직한 땀방울 흘리는
모든 이에게
향기를 드립니다

꿈과 희망의 향기입니다

걱정하지 마세요
돈은 받지 않습니다

긍정의 마음 소유하시면
자격은 충분합니다

아름다운 마음도 드립니다
맑은 마음과 따뜻한 마음은
덤으로 듬뿍 드립니다

행복 가게는
무료이기에 셀프입니다

부정적인 마음 지니신 분
당신이 오시면
정중히 사양합니다

오세요
어서 오세요
골라 가세요

믿음 소망 사랑 행복 꿈 나눔 배려
이해 용서 그리움 따뜻함 존중

마음껏 담아 가세요
그리고 약속하세요

꼭 행복할 거라고

돋보기

마음을 본다
눈으로 보이지 않는
내 아픔과
내 그리움과
내 희망과
내 추억들
내 마음속 마음마저

무심코 지나쳤던
작은 마음들이
돋보기 안에서
성큼성큼 걸어 나온다

늘 같이 다니며
왜 보지 못했을까
얼마나 서운했을까

눈으로 보이는 게
다는 아닌 것

마음으로 느끼고
가슴에 새기며
하루를 연다

모순

눈이 있어도
보지 말아야 하고

입이 있어도
말하지 않아야 하고

귀가 있어도
듣지 말아야 하고

가슴이 아파도
소리 내지 말라 하시니

소경이 되고
벙어리 되고
귀머거리 되고
영안실 가서야 아프다고 말하리까

차라리 마음을 닫겠습니다
제발 더는
때리지만 말아 주세요

먹구름 오기 전에
저 푸른 하늘 올려다보며
햇살 한 줌 얻어먹게 말입니다

희망 씨앗

굽이굽이
멀리 있는 길 돌아

작은 씨앗 하나
땅속에 몸을 묻고
잠에서 깨어나
여행을 떠난다

땅의 숨소리
바람의 노래 들으며
버리고 비워라

생명을 잉태한 너
대지의 품속에서
꿈을 꾸어라
희망을 노래하라

먹어도
먹어도
꾸어도
꾸어도
배부르지 않은

희망은 늘 함께해야 할
삶의 동반자 다정한 벗

사랑

진실을 강간한
거짓이 판치는 세상

누굴 사랑하고
누구를 미워하랴

둘 다 깨물면
아픈 자식인걸

사랑은 이렇게
아프고도 서러운
알 수 없는 수수께끼

살면서 알아가자
살아가며 느끼자

저 높고
눈부시게 푸른 하늘 보며

사랑은
이렇게 아프게 다가와
가슴에 스며든다

기도

오늘이라는 하루를 열어 주시고
하루를 살 수 있음을 감사합니다
꿈과 희망 가슴에 품을 수 있음을 감사합니다
먼저 사랑하고 더 깊이 사랑하게 하소서
낮은 곳을 어여삐 여기며 먼저 손 내밀고 함께 나누게 하소서
건강한 몸과 마음을 허락하심을 감사합니다
먼저 사랑하게 하시고 나중까지 지켜주게 하소서
기적이나 행운이 아닌 정직한 땀으로 자기 삶을 키우고 지키게
하소서
가족의 소중함을 가슴으로 뜨겁게 느끼며 그 소중함 끝까지 지
키게 하소서
나라 사랑 사랑하는 마음 품게 하시며 부모를 공경하고
자식을 자애로움으로 키우고 양육하게 하소서
힘들고 지친 이들 마음으로 품으며 희망과 용기 함께 나누게 하
소서
불의에 타협 않고 맞서게 하시며 평화를 사랑하는 따스함 품게
하소서
하루를 마지막처럼 살게 하시고 뜨거운 눈물도 흘릴 수 있는
그런 따스한 사람 되게 하소서

허물을 덮어주고 서로 용서하고 격려하는 배려하는 맘 주
소서

가진 것 아는 것 자랑하지 않게 하시고 낮은 자 되어 섬기
는 사람 되게 하소서

질투와 투정보다 감사와 기쁨을 얘기하는 긍정의 사람 되
게 하소서

힘들고 지쳐도 낙심하지 않게 하시고 다시 일어서는 지혜
를 배우게 하소서

풀 한 포기 꽃 한 송이도 아끼고 소중히 생각하는 그런 마
음 갖게 하소서

우리의 역사와 뿌리를 정확히 알게 하시며 후대를 위하여
자연을 아끼고 보존하며

역사를 올바로 기록하게 하시고 죄가 있을 땐 달게 받을 수
있는 용기 갖게 하소서

이 모든 것들이 응답받지 못해도 불평과 원망 없이 자기를
반성하며 돌아보게 하소서

섬

사람이 사는 곳에
섬이 있다고

누구나 갈 수 있는
누구나 갈 수 없는
사람들이 만들어 놓은 섬

때로는 이방인으로 서성이다
기웃기웃 쭈뼛쭈뼛

차마 가까이 못 하고 떠나는 섬

서로의 벽을 허물어
사람이 만든 사람의 섬
모두의 희망 마을 되어

너와 나
함께하고 정 나누는

환상의 섬
행복의 섬

희망이 노래하고
행복이 춤을 추는

이정표가 되어라
행복 섬이 되어라

시 짓기

하루를 살면서
한 편의 시를 만들며
그 속에 내가 산다

때로는 힘들고 지치지만
이 또한 내 삶의 벗이니
어찌 외면하랴

어두운 그림자 있으면
별 비가 내리는
저 아름답고 빛나는 별 밤 오듯

아픔 또한 생각하기 나름 이리라

시를 짓지 않아도
시가 만들어지는 삶

나는 오늘도
한 편의 시를 건진다

사람 꽃

꽃이 핀다
꽃이 핀다

땅 위에
하늘 아래
생명의 꽃들이 핀다

마음에서 피어
영원히 사는 생명의 꽃

희망을 지펴
행복을 피우는
사람 꽃 숨은 꽃

사계절 밤 낮 없이
어디에도 피는 꽃
가슴에서 피는 꽃

오늘이 대설

큰 눈이 오면
풍년이 든다는데

장난꾸러기 바람이
시샘을 부려
하이얀 흰 눈 잠시 들려 갑니다

배 꺼질라 보릿고개 엊그제 같은데
농자천하지대본
우리네 농부님들 시름만 깊어가는
대설의 밤은 떠날 채비합니다

부디
열심히 땀 흘린 그 땀의 대가를
위정자여 굽어살피소서

광화문의 함성 커져가는데
아직도 그 이유 모르시나요

욕심을 내려놓고 마음으로 들으세요
싸우지들 마시고 가슴으로 느끼세요

대설인 오늘
큰 눈이 아닌 성난 민심의 소리가
흰 눈처럼 쏟아집니다

하얀 눈아 펑펑 쏟아져라

희망 아홉

어둠이 잠에서 깨어나
아침을 깨우고

아침의 겨울바람
붉게 달아오른
수줍은 새색시
붉은 태양 데려오니

아침이 눈을 뜨고
도시의 거리는
하루를 맞는다

하늘이 주신
이 아름다운 세상

오늘은 어떻게 채우며 살까

행복 바구니에
이웃과 함께 나눌 수 있는
희망을 채워야지

더하고 곱하며
함께 나누는
오늘도 그런 하루 되었음

산다는 건
살아간다는 건
이렇게 아름답고 소중한 선물

하루의 아침은 그래서 설렌다

경청

귀를 열어라
마음을 열고 느껴라
배고프다 울지 말고
먼저 먼저 안아줘라

도도하게 사는 너
외로움만 더해가니
먼저 먼저 품어줘라

물은 위에서 아래로 흐르니
역류의 반항은 하지 말아라

순리대로 흐르며 살다 보면
시냇물도
개여울도 만나며
넓고 푸른 바다 만나는 법

우리 그렇게 섞이며 살자
우리 그렇게 안아주며 함께하자

고마운 하루

겨울의 찬바람
잠도 없나 창문을 흔든다

도시의 비둘기
새벽부터 일터로 나가고

분주히 깜박이는 자동차의 불빛
그 속에 삶의 치열함이 묻어있다

아침은 이렇게 기지개 켜며
하루를 토해낸다

하루를 산다는 건
희망을 찾고
꿈을 조금씩 쌓아가는 보물찾기

그래서 고맙고 감사하다

오늘도 열심히 달리는 거야
넘어지면 어때
다시 일어나 달리면 되지
아프지 않은 희망은 없는 거야

망각 그 늪에서

때로는 잊어야 하리라
빈손으로 왔다
맑은 영혼 하나만 가지고
한 세상 살다 떠나는 것

한 번쯤은 뜨거운 사람이 되자

소중한 인연
곱게 만들어 가며
아프고 괴로운 것 잊어버리고
바람도 되고 향기도 되고

얻고자 하면
하루하루 한 가지씩 버리며 살자
채우는 기쁨보다
비우는 지혜로 익히고 버리자

마음에서 피고 지는
꽃 한 송이 아프지 않게 키우며
푸른 하늘 생각하며 눈물은 거두자

아픔은 잊어야 서러운 고통이 되지 않는 것
지키며 살지 말고 나누며 버리자
나로부터 자유로운 내가 되어
망각의 늪에서 마음의 씨앗 하나 건질 수 있다면

나는 그것으로
바람에 묻어오는 저 파도 소리
웃음 지으며 안을 수 있을 것 같다

짐

혼자 지고 가는
이 짐이
때로는 버겁다

가끔
이 짐 내려놓고
어디론가 훌쩍 떠나고 싶지만

가장이라는 이름이
나를 버티게 만든다

저 들판의 잡초와 이름 모를 들풀도
모진 바람 아픈 시련 이겨내며
견디고 꽃 피웠겠지

훗날 말하리라
나도
소리 없이 많이 울었다고

아파서 아파서
멍든 가슴 숨기고
애써 웃음 지었다고

무거운 짐
다 내려놓는 날

이름 모를 새처럼
어느 산골의 노래되어
훨훨 날아다니는 나를 보리라

자선냄비

딸랑딸랑
딸랑딸랑
불우한 이웃을 도웁시다
불우한 이웃을 도웁시다

거리의 빨간 냄비
소리 높여 노래합니다

우리의 이웃 위해
따뜻한 온정
어려운 이웃들
희망을 달라고 합창합니다

가던 길 멈추고
방울소리 따라갑니다
세월은 흘렀어도
방울소리 노래는 한결같이 따스합니다

모두가 살기 힘든 세상이라 말하지만
우리들의 따스한 마음은
변치 않고 항상 푸르렀음 좋겠습니다

풍족해서도 아니고
남아서도 아니지만
콩 한 쪽도 나눠먹는 그런 우리 민족입니다

그늘진 곳에서 아파하며
희망 잃은 우리 이웃
가슴으로 품어 안고
따스한 손 내미는
그들에게 희망 잃지 말라고
12월의 자선냄비 소리 높여 노래합니다

사랑은
희망은
그곳에서도 따스하게 피어나고
이 겨울 우리 마음도 따스해집니다

소금

세상의 모든 물
위에서 아래로 흘러
엄마의 바다 품에 안기어
서로들 얼싸안고

하나가 된다
힘을 모은다

골짜기 시냇물 실개천 개여울
넓은 강을 지나
엄마의 품 바다를 만난다

하나 되기 위하여
이토록 먼 길 달려왔는가

섞이고 하나 되어
눈물을 만든다
너와 나 아닌
우리가 된다

그 눈물 짜디짠 하얀 눈 꽃
맛을 내고 썩은 부패 방지하는
너는 또 다른 생명

엄마의 품에서 나온
너는 아픈 자식 생명의 노래

거친 파도와 저 성난 태풍까지 껴안은
작은 생명 찬란한 생명 꽃

하늘아

하늘아
하늘아
높고 푸른 하늘아

해와 달
별님을 품은
이쁜 하늘아

가끔은
뭉게구름 만들어
솜사탕 주고

천둥과 번개로
우리를 철들게 만드는
선생님 하늘아

비와 바람으로
만물에
생명 품게 하는 하늘아

난
네가 좋단다
네가 밉단다

그리움과 아픔
희망과 행복

쌍둥이 데리고 다니는
미워할 수 없는 하늘아

순수하게 산다는 것

아이처럼 사는 게
철이 없는 걸까요
철없는 어른이
아이 같은 걸까요

거짓이 판치고
진실이 아파하는 현실에서

그래도
아이의 해맑은 눈동자를 보면서
희망을 일으켜 세웁니다

순수하게 산다는 것
그리 녹녹하진 않지만
아이가 되고
바보가 되어 봅니다

너무나 빠르게 변해가는 디지털 문명 속에
아이의 순수함을 잃고 사는 우리들
애써 그 순수함을 붙잡아 봅니다

누군가는 지켜야 할
우리들 마음속에
희망의 밭이기 때문입니다

어른이라 말하지 않겠습니다
부끄러운 마음
조용히 닦으며
나는 조금씩 어른이 되어갑니다

희망 열

서쪽 하늘로 해가 지면
도시의 불빛이 춤을 춘다

반짝반짝
어둠의 불빛이
하늘의 별이 된 듯
거만하게 빛을 뿜는다

삶에 지친 도시인
불나비 되어
도시의 불빛 따라다닌다

잃어버린 꿈은 어디에 있는가
취해도 취해도
텅 빈 가슴
공허한 메아리만 떠돈다

나도 모르게 눈물이 흐른다

울고 싶을 땐
하늘이 너무 푸르고 눈부시다
핑계 삼아 울어야지

약해지는 것일까
아님
그동안 강한척하며 살아온 것일까

세월이란 놈
배부르지도 않나
자꾸만 시간을 먹어치운다

동이 터 오르면
빠알갛게 떠오르는
태양을 가슴에 담고
내 심장은 힘차게 박동하리라

나에겐 희망이란 내일이 있으니까

호위무사

모두가 날 떠난다 해도
한결같이 그림자 되어
기쁨과 슬픔
함께 같이 나누는
사랑하는 침묵아

외기러기 짝사랑
보이지 않는 투명인간
미워할 수 없는
마음에서 태어나
죽는 날까지

바람도 되어주고
따스한 햇살처럼
그렇게 내 곁에 있어주렴

내 삶 다하는 날까지
끝까지 놓지 않을
넌
마지막 한 장의 히든카드

희망아

희망아

넌

내가 사랑할 수밖에 없는

진정한 나의 호위무사

높고 푸른 하늘

길

내가 가는 길
부모님이 가신 길
내 아들딸 가야 할 길

꽃길은 아니어도
내 자식들 힘들지 않게
아픔과 고통은 뽑아놔야지

들풀과 들꽃을 보며
겸손과 낮음을 헤아리고

화려하진 않지만
소박하고 따스하게
다가오는 모든 것
외면하지 않고

삶의 길
웃으며 가려무나
그 길 끝에
행복은 너희들 꼬옥 안아줄 테니

존재의 이유

모든 생명에는
마음과 영혼이 있으니
살아 숨 쉬는 모든 것
다 귀하고 소중한 존재
함부로 대하지 말자

있는 그대로 바라보고
있는 그대로 인정하고
있는 그대로 존중하자

만남과 이별의
반복되는 일상에서
울고 웃고
아파하고 기뻐하며
숨은 보물을 찾는다

생명의 순환은
존재의 이유를 알려준다

느끼며 살아가고
아픔과 행복도 배우자

전역

오늘은
사랑하는 내 아들
전역하는 날

21개월
나라의 아들 되어
강화도 최전방

교동도 별이 되어
이 나라 지켜준
사랑하는 아들아

이제 너의 임무 다하고
이 아빠의 품으로
네가 들어오는 날

수고했다
고생했다
내 아들 해병아

나라 사랑하는 맘
가슴에 품고

이제는 아빠 엄마 아들 되어
큰 희망 큰 꿈 가슴에 품고
우리 사랑하자
우리 행복하자

사랑하는 내 새끼
너의 앞날을 축복한다

위로

오늘따라
겨울바람이 스산하다

몸도 마음도
조금은 지쳤나
분명
같은 바람인데
칼날처럼 마음을 엔다

희망을 말하고 꿈꾸며
애써 웃음 지으며
하루를 견딘다

나만의 아픔과 상처는 아니리라

아픈 상처 말하지 못하고
온몸으로 피고름 안고 있는 나에게
차마 위로의 말 건네지 못하고
시린 어깨 뒤에서 토닥여 본다

내 희망
하늘까지 걸어갈 수 있을까
바람에 소스라치게 놀라 떠나는
낙엽의 뒷모습이
오늘은 왠지 낯설어 보인다

이겨내자
바람 앞에 당당히 나서자
내가 나를 믿으니
칼바람도 두렵지 않다

나의 몸에게

바람이 불어도 춥지 않음은
나의 심장이 힘차게 박동하며
그 속에 희망이 미소 짓기 때문입니다

뜨거운 피가 온몸을 돌고 돌아
내가 살아있음을
또다시 확인 시켜 줍니다

사랑하는 나의 세포들이
주인인 나를 위하여
부지런히 일하는데

나는
그 사실 잠시 잊고
나그넷길을 떠났습니다

내 영혼 주인으로 모시고 살아온
소중한 나의 집에서
내 몸은 투정 않고 일하고 있는데

살아있는 그 이유 하나로도
축복의 선물 값없이 누리는 것을
이제 조금씩 알아갑니다

내 몸아 내 속의 세포들아
미안하다
고맙구나
묵묵히 지켜주고 돌봐줘서

알고 보면 소중한 보물
다 내 속에 있는 것을

그래
욕심을 버리고
하루하루 감사하며 그리 살자

이 아름다운 세상 슬프지 않게

둥글게 방글 방글

돌고 돈다
빙글 빙글
지구가 돈다
인생이 돈다

둥글둥글 살라고
우리 삶이 돈다

돌고 돌아
모나지 말라고
웃으며 살라고
하늘이 웃는다

아기 햇살
재롱부리는
고마운 하루하루
축복의
오늘과 내일

거친 바위 돌고 돌아

둥근 조약돌
비옥한 흙이 되듯

생명은
그렇게 이어지는 것
희망꽃은
그렇게 피어나는 것

하늘이 웃는다
땅이 춤춘다

나는 삶을 그리는 화가

엄마의 자궁 속 양수에서
꿈을 꾸며 상상의 날개 펴
자궁 밖 세상과 처음 마주한 날

벅찬 감동과 셀레임으로
세상을 한없이 들이켜
쓰디쓴 삶의 맛을 본다

달콤함 아닌 쓴맛과 조우함은
아마도 시련과 고난 맞서는 백신이리라

삶이란 캔버스 위에
그림을 그리고 지우고
또 그리고 지우고

이겨내며 투쟁해야 할
다가오는 삶의 맛들이
꾸물꾸물 내 맘에 기어오르면
나는 전사가 된다

두려움은 나의 또 다른 적
겁내지 말고 힘차게 전진이다

힘들 땐 쉬어가고
가끔은 구름도 바람도 돼보는 거야
누군가 나에게
왜 사냐고 묻는다면
당당하게 말하리라

이 아름다운 세상
아름답고 이쁜 그림 그리러 왔다고

산소

내 부모 누워 계신 곳
양지바른 그곳은
이름 모를 산새들
산토끼 아기 구름
뛰노는 놀이터

산소 앞
키다리 하얀 목련
하얀 미소 지으며
울 아빠 엄마 지켜주겠지

자주 찾아뵙지 못하여
못난 자식 늘 죄인으로
그리움을 가슴에 묻는다

구름아
구름아
키다리 하얀 목련아

자주 오진 못 하지만
나 대신 너희들

울 아빠 엄마
잘 지켜줘야 해

가끔은 아기 구름
하얀 양 떼 데려와
재롱잔치 벌이려무나

내 부모님 외롭지 않게

사랑하는 내 부모
누워계신 그곳은
늘
내 마음 가서 있는 곳

울보

퍼내고 퍼내서
다 메마른 줄 알았는데

아직도 눈물샘이
마르지 않았나 봅니다

누가
피는 물보다 진하다 했던가요
핏줄의 그리움은
마른 샘도 샘솟게 만드는가 봅니다

울지 않으려
울고 싶지 않아서
애써 참고 사는데

하늘에서 솟았나
땅에서 샘솟나
눈에서 눈물이 납니다
가슴이 뜨거워집니다

퍼내도 퍼내도
가슴의 샘물은
마르지 않고
숨어서 숨어서 나도 모르게
자꾸만 눈물샘으로 달려갑니다

아마 나는
울보인가 봅니다

병원

우리 몸 아프면
아픈 곳 찾아서
병원 가 치료하면 되는데

우리 맘
상처 입고 찢기고 병들면
어디로 가야 하나요

약도 못 먹고
수술도 못 받고
꿰매지도 못하고
치료조차 받을 수 없으니
어찌하면 좋을까요

응급실도 없는 걸까요

아파서 아파서
지쳐 쓰러져도
누가 손 내밀어 줄까요

병원 좀 만들어 주세요

수술받고 입원하진 않아도
치료라도 받으면
일어설 수 있으니
그것만이라도 행복합니다

가끔은
바람도 구름도 향기도
쉬어갈 수 있는
휴게실이 있다면
더 좋겠습니다

바람과 구름과 향기에게
아름다운 소식
전해 들을 수 있으니 말입니다

자연은
있는 그대로 놔두면
자정능력 있어

스스로를 치료하는데

사람들은
사람이 있는 곳에서
치료받아야 치유 되니

사람은 사람 속에서
부대끼고 섞이어
그곳에서 치료받아야 할
아름다운 존재인가 봅니다

마음의 병원은 그곳에 있습니다

홀로서기

따뜻하고 아늑한
엄마의 자궁을 나와
찬바람을 맞는다

이제
홀로서기 시작이다

바람 불고
폭풍우 몰아쳐도
온전히 몸으로 맞서며
세상을 배워야 하리라

돌아갈 수 없기에
더 온전히 강해져야 한다

까짓것
함 부딪혀 보는 거야
다가오는 모든 것
피하지 말고 맞서는 거야

미지의 그곳에서
홀로 일어나라
꿈을 이뤄라

착한 요정

아이같이
그렇게 살 수는 없는 걸까

몸은 자라도
마음은 늘 피터팬이 되고 싶다

마음이 자라고 자라면
저 하늘 끝까지
잭과 콩나무처럼
하늘 높이 올라갈 수 있을까

그곳에 거인의 성에서
금은보화 아닌
따뜻한 마음을 가져올 수 있다면

난 그것을 가져오고 싶다
아이의 해맑은 눈동자
있는 그대로 바라보고 생각하는
그런 순수한 어른이 되고 싶다

어지럽고 뿌우연 안개 같은 세상
앞에 무엇이 있는지 흐려서
더 안타깝고 답답한 세상에서

아이처럼 맑은 눈으로 바라본다면
아마 밝고 선명하게 잘 보이겠지

욕심이 없는
서로 함께 나누는
서로 함께 손잡고 같이 가는
그런 세상을 꿈꾼다

오늘도 나는
팅커벨과 행복을 함께 나누는
착한 요정이 되어 본다

겨울비 내리네

비가 내린다
대지의 갈증과 목마름 적셔주는 단비
이 비는 어디서 오는 걸까

동지에 내리는 겨울비는 참 착하다
우리의 힘들고 지친 마음 다 씻겨주니
이 겨울 따뜻하고 희망 꿈꾸며
그렇게 살 수 있겠지

비야 비야 겨울비야
이왕이면 세상 더러운 모든 것
다 씻어놓고 가려무나
우리들 아픈 상처까지도

액운을 없애주는 팥죽 먹고
청소부 바람과 겨울비야
휘이 휘이 콧노래 부르며
다 씻어 가거라
다 닦아 주거라

겨울비 떠나기 전
내 속의 더러운 모든 것
다 내놓아야지
청소부 바람과 겨울비 힘들지 않게

바람아
겨울비야
잘 닦아주렴

새로 오시는 희망님 웃으며 오시게

들꽃

온전히
모아라 모아라

해님
하늘
구름
바람

모진 생명
아름답게 품어주는
자연의
저 넓은 가슴에 안겨라

꽃비가 내리고
바람이 쉬어가는
어느 이름 모를 낮은 곳에서
나
말없이 그렇게 피어나리라

화려하진 않지만
쉬어가는 나그네
깊은 시름 달래주는
동무가 되고 싶다
고운 미소 되고 싶다

이 낮은 곳까지도
찾아오시는
해님 하늘 구름 바람

난 외롭지 않은
잔잔한 향기로
삶을 노래하는
이름 모를 들꽃

별님이 사모하는
숨어서 곱게 피는
희망의 꽃
생명의 향기

희망의 도시

비를 맞으며
거리를 걸었습니다

바람이 착하게 불어
그리 밉지는 않았습니다

바람이 화가 나면 태풍이 된다는데
오늘 부는 바람은
아마 착한 바람인가 봅니다

거리의 떨어진 낙엽은
바람 타고 여행을 떠나고
시끄러운 차량의 질주가
삶의 치열함을 속삭여 줍니다

오늘도 내 삶은
한 편의 시가 되어
가슴으로 들어옵니다

수많은 저 사람들도
행복을 찾고 꿈을 이루기 위해
저리 바삐들 살아가겠죠

아름다운 마음들이 모여
행복이 모락모락 피어나는
여기는 희망의 도시입니다

자기 사랑

조용히 나를 바라본다
눈을 감고 지그시

현상의 나를 나라고 착각하며
침묵의 나를 잊고 외면하지는 않았는지
고요 속의 아파하는 나에게
나는 용서를 구한다

내가 나를 얼마나 보듬고 사랑했던가
내가 나를 얼마나 용서하고 위로했던가

침묵의 나는 나를 지그시 바라보며
인자한 미소로 나를 토닥여 준다

한 치 앞도 모르는 오늘을 살면서
우리는 내일을 걱정한다

내 속에 있는 고요한 침묵의 나를 사랑하자
자아는 고요한 침묵에서 태어나는 것
아마 그곳에서 자기 사랑 피어나겠지

나를 안아주고
나를 용서하고
나를 보듬고
나를 한없이 사랑하고

모든 것의 시작인 나

그러기에
세상 그 무엇보다
가슴 시리게 소중한 나
나를 돌아보고 사랑해야지

풀꽃은 뜨락에 앉아

박진표 제2시집

2021년 6월 11일 초판 1쇄
2021년 6월 15일 발행
지 은 이 : 박진표
펴 낸 이 : 김락호
디자인 편집 : 이은희
기 획 : 시사랑음악사랑
연 락 처 : 1899-1341
홈페이지 주소 : www.poemmusic.net
E-Mail : poemarts@hanmail.net

정가 : 10,000원
ISBN : 979-11-6284-288-1